김병찬 제2시집
빗소리

국립중앙도서관 출판시도서목록(CIP)

빗소리 : 김병찬 제2시집 /지은이 : 김병찬. -- 서울 : 한누리미디
어, 2016
  p. ; cm

ISBN 978-89-7969-707-0 03810 : ₩9000

한국 현대시 [韓國 現代詩]

811.7-KDC6
895.715-DDC23   CIP2016003664

김병찬 제2시집

빗소리

한누리미디어

시가 살아 숨 쉬는 곳

학창시절 노래 책 뒷장 펜팔란에 주소를 옮기면서 모르는 소녀에게 편지 쓰던 기억이 생각납니다. 밤새 편지를 쓰고 그 다음날 읽으면 어색한 문장력 때문에 찢어 버리고 다시 쓰던 문학 소년이 있었습니다.

라디오 음악을 들으면서 누군가에게 편지를 쓰고 문득 기다림이 생기고 어떤 소녀일까 궁금해 하며 펜을 잡기 시작했습니다.

저마다의 글씨체로 꽃편지지에 우표를 붙여 보내는 편지가 그립습니다.

요즘은 이메일로 손쉽게 주고 받다 보니 편지와 교감이 다르기는 하지만 그 시절 정서와 두절된 느낌입니다.

그 시절 편지 서두에 자주 응용하던 시적인 표현은 자연스럽게 시를 접하게 되었습니다.

시를 쓴다는 것 쉬운 일은 아닌가 봅니다. 맑은 정신으로 시가 나오지 않아 술기운으로 잠들어 있는 감정을 흔들어 깨워야 했습니다.

봄날 이렇게 시집 한 권을 들고 독자들과 만날 수 있는 것도 나에게 새로운 기쁨입니다.
이 책을 구입하는 분들에게 가정에 행복이 함께 하기를 바라며 진심으로 감사드립니다.

2016년 1월

양주에서 저자

차례 Contents

김병찬 제2시집

제2부　생의 한가운데

11

차례 Contents

제3부 세상살이 말 못해

12

제4부 추억의 향기

13

제 **1** 부

꽃 핀다고
봄인가요

어린 시절

겨울만 되어 봐라

눈알로 맞추어 볼래 구슬치기
깡충깡충 뛰어 볼래 고무줄놀이
고무신 신고 타 볼래 말타기놀이
논바닥에 얼음판 타 볼래 썰매놀이
나무토막 깎아 날려 볼래 자치기놀이
찌그러진 깡통 얼른 주워다 술래 잡을래
깡통차기놀이 깡깡 밟았다

엎드려 볼래 만화 보기
공책 뜯어 접을래 딱지 접기

겨울만 되어 봐라

논바닥에 말린 볏짚단
성냥불 피워 불꼬리 잡고 손 녹였다
방패연 만들어 준 할아버지
긴 수염 달고 날았다
1970년대 사내아이 계집아이 때다

16

구름

으리으리한 대궐집 한 채 떠다닌다 붙잡으려 들면 날개 다
는 저 무리도 집 짓다 불타올라 제 갈 길 가자 산봉우리에
올라 절벽 아래로 뛰어내린다 하늘에 내놓은 대궐집 지켜
볼수록 이삿짐 실은 트럭 뒤 칸이 무겁다고 티격티격 싸움
질이다

잠에서 깨어날 줄 몰라 좌장에 앉힌 대궐집 찾다 찾다 속
속히 헛것으로 보여 누군가 불 질러라 불 질러 저지른 분
노일까

하늘에 성화도 떠다닌다고
대궐집 밀실도 찾는 거라고

불러들이지 못한 대궐집은 푹신한 이부자리 펴고 누워 있
다
트럭에 묶인 짐은 고통스럽다고 대궐집 앞에 내려 달라 한
다

숙이 사랑

꽃숙이는 도망치고 맹숙이와 살고 있다
해바라기처럼 머리 숙였던 꽃숙이
세월 가면 맹숙이로 변한다고 누가 말했던가
긴 머리 차츰 짧아진 모양새가
머릿결 부드럽지 못해 까슬까슬한 성격 변해 간다
꽃숙이라고 불러야 머리핀 하나 더 꽂을까
가장의 권위 몰라주는 맹추야
참지 못하는 성격 예외 없이 타고났지
내 이름 들먹이며 싸우려고 들다니
너에 이름 자칫 앙숙이가 될까 봐 참는다
찍소리 못하는 가장들이여
저 건너편에 행복의 신호 받아야
가정에 평화가 온다고 누가 말했던가

머리 숙일 줄 모르는 이름 있다니
구색 맞추며 살아야 하는 이름 있다니
그대는 대한민국 여자 이름 중에 하나다

너의 친구는 왜 많은지 모르겠다
기분 달래면 기숙이가 달려오지 않나

| 김병찬 제2시집

선물 사다 주면 선숙이가 참견하지 않나
미안하다 사과하면 미숙이가 눈치 채지 않나
영 아니다 말했다간 영숙이까지 나설 기세구나
대관절 너의 친구 정숙이는 있는 거야 없는 거야

시 한 편이 보인다

술병이 항아리 채로 보여야 시 한 편 나올까나 파도치는 바닷가에 내 몸은 의식하는데 짠물로만 거품을 토해 내니 시가 나오지 않는다 상어나 고래 같은 게 보이면 시가 나올까나 아니다 악어 같은 게 보여야지만 입 벌리며 시 한 편 나오겠지

눈여겨보면 악어는 아니더라도 도마 위에 오른 생선이라도 감정에 소용돌이는 악어라 통통배도 악어로 보일 것이고 바닷가에 떠다니는 부유물도 악어로 보일 것이고 멀리 보이는 섬도 악어로 보일 것이다

시 한 편 파도치는 가슴 한 곳 밀물과 썰물이 교차하면서 텅 빈 가슴 달래는 갯벌에 숨겨져 있는 식별하지 못한 언어들을 캐내어 인식표를 달아주는 것이겠지

20

덤프트럭 장난감

코끼리처럼 늘어진 코 어린아이는 휴지가 마련해 있어도 코를 풀 수 없나 보다 붕붕 소음 낼 수 있는 자동차만이 피할 수 있다고 과자 부스러기 날라다 주는 코는 으름장 대상이 될 수 있다고 아이는 눈물겹다

아이의 후각은 처리 못하는 훌쩍 코라고 급히 재롱부리게 한다 내 코는 여분 없어 코끼리 코를 파악하지 못했다

아이의 코에
매달린 코끼리 코
코 코 코 하다 아이의 코를 지적하다가
코 코 코 하다 도주한 내 코를 만지작댄다

유년기의 향수가 코를 자극했다 성장하지 못한 입술 떨며 부르 부르 부르릉 자동차소리 덤프트럭 장난감 기사는 대기중 그날 밤 부모님 손 잡아끌고 그 길로 붕붕 달려가던 기억이 떠올랐다

아 차 퇴근길 돌아가는 길, 어린 아이코, 코 코 코 코끼리 코는 쥐어 준 장난감만이 코코넛 비스킷이었다

눈길

함박눈 함빡함빡 내려
온 세상 눈꽃으로 피어났어요
눈꽃 핀 거리 걸어갈 때
바닥에 깨소금 뿌린다고 하네요

고것 쌤통인 약
얼레 꼬레리 약
용용 죽겠지 약

친구끼리 놀다가
발라당 넘어지면 먹는 약이래요

벌떡 일어나려고
용쓰다 그만 주저앉고 말았네요
남 아파 죽겠는데
창피한 약 먹고 힘내라고 하네요

아이 참
놀리네요 참
까부네요 참

웃기네요 참

온 세상 하얗게 쌓이면
엉덩방아 찧어 약값 오른다고 하네요

23

눈사람

온 세상 하얗게 눈이 와요

교실에 책장 넘기다 말고
운동장에서 뛰놀자고 눈이 와요
칠판에 학생 부르는 것 모르고
선생님 따로 아이들 따로 눈이 와요

야호 눈 내린다 눈이 와요

눈도
개구쟁이와 놀았다고 뒹굴며 눈이 와요
아이들도
눈 굴려 눈사람과 키 재 보자고 눈이 와요

김병찬 제2시집

표지 모델

하와이 모래밭에 그물을 던지고 싶다
파도가 달려드는지 여인에 가슴이 출렁이는지
출렁여 촘촘히 던지는 그물 여인은 잡히지 않는다
그 바닷가에 여인은 풍만한 가슴을 숨기고
헬스클럽에 들어온 것이 화근일까
망원경으로 벗기지 못한 비키니 차림의 눈요기가
마치 벗기면 손길 가는 아령으로 보인다고
남성의 눈길은 이때다 싶어 힘줄이 선 팔뚝에
원인 모를 힘이 솟구친다고
아령을 수백 번씩 들어올린다
훌라후프 돌리는 여인은 눈에 들어오지 않는다
그 여인의 탄력 있는 몸매에 집중해야지만
내 손에 쥔 운동기구는 자유자재로 흔들린다
그 여인의 암팡진 엉덩이가 역기로 보인다
기회는 힘자랑할 차례 킬로수를 무리하게 늘렸다
역기가 들리지 않아 앞으로 돌려 들었다
여인의 벗은 몸매가 확 들어왔다
역기는 순식간에 내 손을 들어주었다
그때서야 여인은 아령이 아니라고 가슴을 내민다

25

독주(獨奏)

내 몸에 기타가 있는 것을 알 수 있다
갈비뼈 앞에 퉁겨나는 그 음정이
실핏줄로 두들길 때
화음은 고루고루 갖춘 박자를 낸다
분위기 따라 달라지는 기타소리

즐거울 때
괴로울 때
우울할 때
들리지 않는 화음 한 줄

내 몸에 기타가 소리 내지 못할 때
가슴으로 호흡하는 나팔을 불어댄다

머릿속 텅 비우려고
소주 병나발로
한 곡 뽑아낸 나팔소리
가슴을 주무른다

술 한 병에 노래는 늘 끝나지 않는다

김병찬 제2시집

술 두 병에 들쑤셔대는 화음
가슴으로 부르다가
내 몸에 기타는 박자를 잃고 잠이 든다

세상살이 웃기고 있네

웃기고 있네 말할 때 정말 웃기는 것이 아니란다
그래 잘났어 할 때 잘난 것이 의심스러운 거란다
때려 봐 때려 봐 내미는 거 봐라 참아내는 거란다

세상살이 고쳐먹지 못해 곧이곧대로 받아들였다간

웃기고 있네
그래 잘났어
때려 때려 봐

그 시비조에 휘말려 우스운 꼴 당하는 거란다

김병찬 제2시집

독감

몇날 며칠 탄광굴을 오갔다
지하 갱도에 석탄 캐는 광부처럼
가쁜 숨 목에 걸려 할싹할싹
바깥세상과 담쌓기에 들어갔다
콧물 섞어
눈물 찔끔
머리에 원치 않는 열기구
안색에 맞추어 후줄근 땀에 적셨다
눈 감으면 잡귀가 달려와
북과 꽹과리소리 신의 소리로 들렀다
안 돼 누구 죽일려고
꽹과리소리 귀청을 잡아 뜯어
북소리 잡고 정신없이 두들겼다
방안 어지러운 기운 여의찮아
신의 소유물에서 벗어나기 시작했다
잠자리에 발 뻗어 덮는 이불이 자리 폈다

일용직을 위한 노래

하늘에 별다른 조짐은 없었다 구름 몰고 온 사람들에 이야
기지 장작불 피어난 아침 예기치 못한 불씨가 하늘로 날아
갔다 일기예보는 금빛으로 치장한 불상을 지역별로 모셔
놓고 철거 중이다 공사장에 암호 숫자 적힌 부속품을 한데
모으고 있다 옹벽을 세운 철제 구조물 위에 곡예사를 했을
그들은 찜질방 수십 개를 만들고도 잠자리는 고작 머리 위
로 날아드는 빗소리였다 쇠침 박은 개운치 못한 다리 두고
두고 빗소리에 통증 시달려야 했는지 쇠붙이 부딪친 허공
에 조형물을 보았노라고 노란 개나리꽃 핀 하늘에 귀먹은
소리도 들었노라고 말한다

함바집 지붕에 빗줄기가 소리쳤다 너덜너덜한 판넬 이음
새를 벌린다 얼굴 검게 그을린 군복 입은 사내가 지붕 위
로 올라가 망치 총을 쏴댄다 그는 가슴을 건조 시키지 못
해 일에 매만져야 했다 훈장 이야기만 나오면 그들은 자랑
삼아 옥신각신한다 함바집 나와라 불도저 박씨, 망치 총잡
이 김씨, 철근 오야지 정씨, 그들 만에 술자리는 허공에 집
짓기하다가 빗소리에 사무쳤다

30

아프다

아 아프다 말이 어 어둔하게 들릴 수 있을 거예요
참아 내야 하는 아픔 한계에 부딪쳐 눈물 날 거예요
반복할 수 없는 반쪽 섞어 살아도 왜 그냐 그럴 거예요

싱겁게 내뱉는 말에 아 모르게 나왔을
스스로 겪어야 하는 어 붙인 외로움을

아와 어에 대한 현주소 각각 달라 참아냈을
언어가 엮어 낸 깊이에 매듭짓지 못해 아플 거예요

아프다는 말
눈물 나는 말

미움깨나 섞어 한없이 줄다리기했을 외로움살이
아와 어에 대한 속성일 거예요

사람에 심장 하나 산속에 울리지 못해
혼자 우는 눈물 어디선가 씻어 내고 싶을 거예요
육신을 묶었다 풀어 놓은 아픔 오늘은 편해질 거예요

하늘 엿보기

파랗게 질린 하늘에
방패연이 꼬리춤으로 날아올랐다
논바닥 바짝 얼음판 얼려
달려 나간 썰매
벙어리장갑 놀다간 들판에는
어느덧 노을 지고
산허리 붙잡고 들리는 바람
그대로 눈 속에 파묻히는 마을
독수리 몇 마리 고공하다
산그늘로 착지한다
금빛
은빛
햇자락 부서진 하늘
숨어들기 바쁘기에 올려다보면
딱지 먹기하고 자란 나이가
우리 나이라는 걸
땅뺏기놀이하고 자란 나이가
배고픈 나이라는 걸
까맣게 잊지 않고서 머릿속 스쳐간다

32

세뱃돈

어릴 적부터 타고 난 돈
세뱃돈 두둑이 준비해 놓고
부친은 새해 첫날도
세뱃돈 찾으려다 북녘 땅을 그린다
세뱃돈이 좋아
만화책 살 부담 줄인다고
한 배
두 배
세 배
아이 좋아라 세뱃돈
삼촌 사촌 오촌이 필요한 세뱃돈
돈자랑 두 손 흔든 아이가 부러웠다
가족과 활짝 웃는 세뱃돈
부친의 북녘 땅으로 날아가라고 절한다

봄이 오는 길

봄은
햇살 타고 강을 건넌다
새순 돋아나는 들판
봄이 예전 같지 않아
꽃필 때를 마다하는지

봄은
강을 거슬러 마른 숲에 앉는다
봄은
새들을 불러 꽃씨를 옮겨 심는다

꽃 핀다고 봄인가요

들판에 꿈틀대는 새싹
가엾게 봤으면
꽃샘바람 납작 엎드려
햇살 살포시 껴안아 준다네요

아직
어리다는 봄

새봄 마중 가기 위해
불러대는 뉴스거리 믿다가
부를 때 아닌 이 봄날
귀불알 잡고 호호 손잡았네요

일손 잡을 만하면 추위설
눈꽃바람 모른 척 놀러 온다네요

봄이 오는 길목에는
병실에 환자 애썼던 소식
이름 붙여 준다네요
그때서야 완연한 봄이라고
꽃병에 꽂지 못한 꽃 피어난다네요

수소문

별이 군락을 이루었을 때는 시골이라서 그런가
도시에 미세한 먼지는 살아서 별을 죽여서 그런가
침침한 밤하늘은 불빛으로 둘러싸여 어지러워 그런가

별
밤하늘 변소가 무서워 화장실로 바꾸었대
별
연탄불 부엌이 눈 매워 주방으로 환해졌대
별
기와집이 설 자리 없어 아파트로 이사했대
어째 별이 다 도망가서 그런가

실감케 했을 때, 별
어처구니없을 때, 별꼴이야
놀라 입방아 찧을 때, 별꼴이 반쪽이야

입버릇처럼 떠도는 별하늘 볼 수 없어 숨었다
시골에서 이사할 때 별 하나 추억 하나 새겼는지
도시에 밤하늘은 별이 죽어 가고 불빛만 가득 메운다

봄

봄봄봄 앞뒤에도 봄
이 꽃 저 꽃 가릴 것 없이
꽃망울 툭툭 터트리다
봄비 찾아 떠날 줄이야

봄봄봄 꽃필 줄 몰라도 한참 모른다

피지 말래도 피는 봄
가지 말래도 가는 봄

봄봄봄 아는지 모르는지 떠나기 바쁘다

제2부

생의 한가운데

황 노인

농사일 도맡은 소의 밭갈이를 끝내고 거품 물며 여물을 씹
는 외양간에 소를 떠올렸다 고기 씹을 줄 모르는 노인의
처량한 신세가 소의 눈망울에서 엿보인다 한 때 힘으로 논
배미를 주름잡던 노인은 눈까풀 버티는 힘으로 살아 왔다
고 노인의 눈망울에서 한세상 넘어가야 할 육신 하나하나
가 잠식하는 게 보인다 질기고 질긴 소곱창을 씹을 때마다
그 노인에 눈곱이 찌겹찌겁 낀 채로 깜박이는 게 보인다

40

삼육구 사랑

추위 녹인 가슴으로 당신을 기다렸습니다
봄날에 풀어놓은 구름 위로 손잡았습니다
잠자는 호수는 활짝 꽃피기 시작했습니다

어느 봄날 뒤설레어 부추기는
발산하지 못해 길어진 호흡음
맹세코 다짐한 사랑의 협주곡

하루에 암기 사항 빼먹지 않고 문자하겠습니다
당신을 향한 애정의 공세 뇌에 입력하겠습니다
이 세상의 선택 로또 당첨으로 생각하겠습니다

삼육구, 우리의 사랑을 위하여
육구삼, 세상이 다하는 날까지
구삼육, 영원히 당신을 사랑해

복날

진돗개 하나 발령한다

허한 가슴에 던지는 돌팔매질 수심 깊은 곳에 뛰어들고
싶은 더위는 도시 뒷골목부터 탐색해 나가는 땀바가지
몸의 사찰 피할 길 없는 비상사태다

복 하나 따로 없이 온갖 겪었을 인내 요하는 것

불볕더위 저리 가라 앞세워
산그늘 옮겨져 치르는 심리전
복의 빌미로 인한 가슴의 압박감
몸소 겪는 계절의 각오는 오늘 남다른 입맛 골라낸다

자칫 불쾌지수 오른 땀바가지 실신에 이를라
정리가 필요한 머릿속 필시 목젖에 방아쇠를 당긴다

소주 겨냥하며 쏘는 삼계탕의 힘 솟는 소리
뱃속 표적이 되어 배꼽에 원을 그리기에 바빠진다
한바탕 총격전 치르는 몸에 부패물이
땀바가지 묵은 때를 씻으며 일제히 복으로 터져 나온다

딸기

딸기가 좋아
사랑이 좋아

시장통 좌판 떠나가도록
입술에 침 바른 청과물 주인은 달라
입맛대로 치르는 행사
구경거리 손해 볼일 없다고
얼씨구나 달아오른 주인 찾는다지만
귀하신 몸값 불러내는
맛보기 내놓은 주인 딸기부터 달라도 달라
땀 뻘뻘 흘리는 딸기야 봐서
주인 따로 없다고 찾아만 달라 한다

오 딸기, 속옷 차림으로 유혹했구나
오 사랑, 소나기로 씻어 눈길 끌 만하겠구나

빗소리

채찍비 내리치는 땅거죽소리 들릴 때
하늘의 여세 올가미에 걸려 엎혀살아서 그래
빗소리 장난치는 헛것이 계기
꾸린 짐 버릴 줄 몰라 걸머져서 그래
한참을 빗소리에 적시다 보면
되살아나는 숨결 올려놓아서 그래

내가 어리석었어
말 못할 그림자 위에 내가 덮고 자면서
나는 나를 싸구려로 만들었어

욕심 없이 살아서 그래
남에게 가슴 넘기다 보면 그래
빗소리 달래고 달랜 몸부림이라서 그래
산그늘 벗어나지 못해서 그래
말 못할 멍울 남겨놓아 후련하게 들려서 그래

내가 구름이었어
빗줄기 울고 있는 하늘을 보았어

욕설

노가다 하는 그 사람은 말한다
달린 것은 가족이 있고
달린 것 또 하나는 떨어질 뻔했다고
달린 것 늘었다 줄었다 하는 일이
남자구실 노가다라고
힘쓰길 좋아하는 그 사람은 말한다

달린 것 써먹을 게 많은 노동판
힘겨워 아무렇게 나오는 말의 기세

노가다 하다가도
이참
술참
시계불알 잡았다 하면 말뿌리 뽑아 든다

45

과일 안주

뙤약볕에서 농부 기분 맞추느냐 고생했다
땀바가지 뻘뻘 흘리는 과수원이 그립겠구나
제때 너희들 챙겨 주지 못한 농부를 원망하지 말아라
밤의 활로 찾는 무대야말로 농부의 땀방울이 아니겠는가
현란하게 돌아가는 도시에 불빛도
나이트클럽 끼고 돌아가 듯
너희들이 온 이상 쇼도 수준급으로 벌려야 한다
침이 마르지 않도록 손님을 유도해라
벗는 거야 말로 최상에 기쁨을 맞이할 것이다
재수 없는 까치는 너희 곁에 없으니 안심할 것이다
농부도 이제 떠났고 너희들에 파티만이 쇼가 될 것이다
벗어라 확실히 보여 주라
서로에 옷을 벗겨 주고 무대에 당당이 올라서라
비닐하우스에 건조시키지 못했을
넌더리 난 그 세월에 아픔을 누드모델로 과시하라
각 지방에서 올라온 과일은 기회일 것이다

나이트클럽 주방에 붉은빛이 갑자기 커지자
그 위로 후르츠칵테일이 우르르 올라섰다
붉은빛이 감도는 무대에 과일도 저마다 쇼에 들어갔다

46

사과는 창피한지 엉덩이를 반쯤 깠다
바나나는 참지 못하고 벗고 꼿꼿이 섰다
수박은 덩칫값 한다고 아예 벗고 누워 버렸다
포도는 집단으로 웃통을 벗고 젖꼭지만 내밀었다
딸기는 샤워하고 팬티만 걸친 채 몸을 드러내 보였다

장마

폭포수도 떨어지며 눈물 흘리는데
강줄기도 흐느끼면서 바다로 흘러드는데
바다도 파도 일으켜 모래밭에 눈물자국 지우는데

참다못해 눈물 나는
그 여름날은 고생보따리 푸는가

수마가 할퀴고 간 하우스 농장
으깨진 수박 치우느라 골머리 썩고 있다
청과물 시장 둥둥 떠내려갈 만하다고
상인 빈 상자 붙잡고는 푸념 늘어놓고 있다
집은 마치 폭격이라도 맞은 듯
옷가지 주섬주섬 챙기며 가슴 씻어 낸다

눈물 나는 세상
어찌 참을 수 있겠는가

온전해 보이는 게 하나도 없는
곳곳이 물바다 되어
가슴 건져 올리는 눈물 지켜보아야 했다
꾹 참고 가는 인생길
집채만 한 소유물 몽상에서 깨어나야 했다

48

신병 훈련

땀 흘린 여름
군대 간 소식
우리 아들 짝대기 하나 찾아
훈련병으로 끝나
거수경례한다

군홧발 맞추어 척척
사랑을 안고 와서 척척

대한의 남아
군복 명찰 달았다고
부모 놀라게
까맣게 탄 얼굴 내밀었다

우리 아들
군 생활 자신만만해 척척
연병장 선착순 집합
더는 군홧발 묶지 않아도 되겠다

7080 춤추기

잔디밭에 책벌레는 없다고
책가방 숨기고 사복 갈아입었다
카세트 틀어 놓은 곳에
나팔바지에 모자 빼딱이 쓰고
야채크래커에 소주 병나발 부르며
도적담배 뻐끔뻐끔
하늘로 새털구름 날려 보냈다
유행 따라 시냇물 흘러 강물소리
너를 부르고 나를 부르던
꼬리 트는 강가에 남녀 짝짝이 만나
꽈배기처럼 꼬인 수줍음 춤으로 불러냈다

군바리춤
피노키오춤
다이아몬드춤

함마 드릴

땡볕 내리쬐는 날 사람 잡을 만도 하겠다 두 손에 총을 밀
착하고 겨누어야 하다니 방공호에 콧구멍 후비는 냄새가
진동하는 마당에

따발총으로 냅다 갈겨, 참자

누군가 땀방울 남아도는 게 막노동이라고 말했다간 욕 깨
나 입에 오를 만도 하겠다 뚜껑 열리는 머리통 모자 쓰고
단단히 단속해야 할 판에 땀수건 날아들어 더위 먹은 입
식힌다

바닥으로 몰린 용역에 팔 걷어올렸다
포클레인으로 파내려 가는 순간 하수구가 드러났다
병들은 하수구 속을 살핀다
따발총에 위력 보여 줄 차례라고 장전한다

다다다다
두두두두

하수구에다 구멍 나라 쏜다
진동하는 냄새 맡아라 쏜다
도시에 전쟁터가 따로 없다

천둥

나만의 천둥소리로 들렸다
그럴 리 없는 기둥
제대로 하늘에다 통역하라고 했다
누가 명령을 내렸는지
탱크 앞세워 포문을 연다
콰—앙
구름이 터져
물포탄으로 쏟아져 내린다
산기슭에 바윗돌 어디 갔냐고 부른다
어쩔 줄 모르는 대답
나뭇가지 흔들어 떨어진다고 했다

생의 한가운데

외로움이라는 단어를 쓰기에는 힘들어 보이는 거 아니니
그러지 않아도 우리는 살갗이 거칠고 수척해진 증상을 느
끼고 있단다 잊고 사는 것 같고 무언가 빼앗기며 사는 것
같아 밤하늘에 잃어버린 것을 찾으려고 하면 슬퍼진단다

외롭다거나
슬프다거나
괴롭다거나

눈까풀에 닿으면 고스란히 볼을 타고 흘러내린단다

흐르는 강물이 얼었다 녹아 둥둥 떠가는 것처럼
배 한 척 오랫동안 항해하다가 부식하는 것처럼
산허리 잘려 나가 파헤친 공사가 한창인 것처럼

그렇게 살아가고 있음을

올빼미

깜박대는 눈언저리에서 지새운 밤이 보인다 올가미 엮은 으스름달밤 가뭇없이 사라진 산짐승에 행방을 찾지 못해 눈을 말똥거린다 산속 헤매다 민가에 노루 한 마리 발을 헛디뎠을까

산기슭 나무뿌리 파헤치며 살아야 할 밤의 동기를 교감한 다

두렵지 않아도 내포되어 있는 밤은 누구를 위한 나그네인 지 산속 별빛마저 죽어 가야 했는지 풀벌레 우는 밤 가시 지 않은 여운 산기슭에서 내려다본 불빛이 저리 반짝일 줄 짐작하지 못해 밤마다 말똥거리는 눈에 경계심을 보인다

김병찬 제2시집

천둥번개

엎드려뻗쳐 빳따소리 들려온다
엉덩이 남아날 리 없는 매타작
짝대기 단 졸병 군부대 적응하려면
기합 한번 제대로 받으라고
토끼뜀에 원산폭격 돌진하라 했다
땅거죽 내려앉도록
군홧발 맞추려다 동작 그만
하늘에 막말 말라고
연병장에 단체 구호 외쳐라 했다
탱크톱날 진흙탕 갈아엎어
하늘에 어찌나 맹폭격 뿌렸던지
각목 대신
선임병 말문 챙기는 내무반
얼차려 귀청에 대고 들어 보라고 했다

마찰

천지가 찢겨져 나가는 울림
한없이 쏟아지는 빗소리
가슴 끝으로 그리다가 쌓여진 퇴적물인가
고뇌하는 육신의 분풀이는
결코 저 하늘 빗소리에 붙들려
땅거죽 내리찍는 미신의 존재를 듣는다

우르르 쾅
쏴쏴쏴쏴

머릿속 비우려고 애쓰는 요동질
천둥소리에 놀란 빗줄기는
창가에 파편 되어 확 꽂히는 순간
몸소 부둥켜안고 치를 떨었던 생애였는지
짓밟고 난리치던 빗소리는
누구를 위한 밤의 살풀이였는지
악마처럼 몰고 온 빗줄기는 토해낸다

빗줄기에 미끄러져 피로 얼룩진 밤에
미치도록 날뛰던 천둥소리가 아니었던가

김병찬 제2시집

강줄기 부르르 떨게 해놓고
산속에 바윗덩어리 쩍쩍 갈라놓고
눈물마저 빗물에 섞여 천둥치는 생애였는지
잃어버린 것이 많았던 서글픔이
밤새 참을 수 없는 눈물비 되어 흐른다

모기

컴퓨터에 앉았다 하면 몇 시간
내 눈 멀쩡하다 흐릿해지고
내 귀 잘 들리다 먹먹해진다
바둑에 정신 빼놓으면
어느새 겁 없이 달려든 모기
끓는 피 빨대 넣어 빨고는 숨어든다
바짝 긁어 부어오른 살갗
강낭콩만한 사마귀가 생겨난다
내 눈 보이지 않을까 봐 앵앵
내 귀 들린다 들려 요게 왕왕
눈알을 굴려 번쩍 떴다
흥겨운 박자 칠 준비 되어 있다
참 딱한 손에는 털끝이 보이지 않는다

58

| 김병찬 제2시집

나무야

산속 그늘방석 만들어 놓고 언제나 메아리로 대답했을 나무야

산정 바윗돌 모시고 산다면서 좋겠다야

파 놓은 참호 은폐하려고 어지간히 풀잎 입혀 무장한 군인 숨겨 주었을 나무야

계절 관리에 감사할 줄 안다야

나이 들면 나도 너를 찾아 떠날지 몰라 그때 행복하게 같이 살자 나무야

59

제3부

세상살이
말 못해

세상살이 말 못해

바른대로 살았다간 어리둥절해
믿어 보라는 말
초콜릿 녹이는 입술로 보이고
믿지 말라는 말
뻥튀기 옥수수 씹는 남의 말 같아서
세상살이 고달프게 해

입맛대로 통하면서
고치지 못한 세상살이 오락가락해

(공짜살이) 공감해
(정치살이) 왜곡해
(군대살이) 말못해
(보증살이) 속상해
(정직살이) 가난해

바른대로 말해 참되게 살았다간
시린 손 불에 쬐는 살림살이 찾기 십상이다

| 김병찬 제2시집

사업 실패

내 자신이 망했다 쫄딱 망했다

돈이 놀래 도망가길 어찌나 급했는지 정신머리 꾸려 담은
일자리 혈압 오르고 오를 때까지 싸구려 급에 발붙인다고
강심장 불러들였다

식상 찾으려면 횟집에 도다리 보며 산다고 굽힐 줄 모르는
등짝 드러냈다

뚜껑 확 열리는 말투 착 가라앉히는 심호흡 자신한테 잘할
걸 모르는 심장에 명함 따위 던져 버리고 내 자신 달래며
산다

화려한 도시 무엇을 찾겠다고 깜빡였는지 잔칫상 아무나
차려놓는 게 아니라고 적어진 말수 시곗바늘 위에 올려져
있다

화물차

자동차도 뿔을 달았을 것이다
철판에 심장 이식으로
도시에 잠자는 짐 깨우기를
뿔 대신 차머리 들이밀었을 것이다
도로에 거북운행 밀린다 밀려
뿔 하나 시계에 맞추었을 도착지
성난 도로에 뿔 쉬어 가라 했을 것이다
막힌 도로일수록 뿔 얹힌 구급차
환자 버려두고 우선시한다
뿔 하나 진압할 소방차 불러들인다
떴다 얌체 차량 소방차 꽁무니 뒤따른다
뿔 없이 달리지 못하는 도로
차만 탔다 하면 몇 푼 안 되는 돈벌이
도로 사정 가난하다고 한 푼 달라 막힌다
머리 아픈 도로에 돈 뿌릴 일만 남았을 것이다

64

가을앓이

은행나무가 춤추면 응아를 하는가 보다
길가에 아무렇게 똥을 싸 놓았다
사방으로 흩어져 똥 냄새 맡는 부채벌레들
홀로 걷다 밟히면
급기야 똥 냄새난다고 문지른다
길바닥에 번식한 부채벌레가
일제히 아스팔트 위로 뛰쳐나가 시위한다

똥 대신 은행알
은행알 대신 가을
이 가을 부채벌레 잡기 직전이다

65

시를 음미하는 사람이 사랑할 줄도 안다

세상 밖으로 나온 시가 팔리지 않는다
제값 받지 못하는 시
시시하다 그럴까 봐 머리 싸매고 쓴 시
팔리지 않다니 출판사도 먹고 살아야 하는 시

시가 뭐길래, 시가 없다고, 시간문제다

시간과 타협한 절대적인 감각
머리에 왕관을 벗고 고통의 시간을 참작해
출판사를 부르고 싶다

시집살이해야 하는 시
돈 없이도 살아가야 하는 시
남을 사랑할 줄 알아야 하는 시

모든 것을 맞추려다 잃어도 신선미 하나
심장 뛰는 소리 들려올 때 시 한 편 읽어 보자꾸나

66

나이가 오십일 때

새끼와 년이 그렇게 만났을 것이다

나잇값 치르는 쌍시옷
성이 구분되면서 찾는 욕지거리

새끼 불러내는 남성은 나이가 머슴애다
이년 따지며 다투는 여성 나이는 계집애다
심장이 뛸 때 함부로 내뱉는 말
성깔머리 피하지 못해 나잇값 치른다

새끼와 년을 따지는 나이 오십이 아깝다

67

가을인가 봐요

참나무 잎 깃털손질로 도토리 줍는가 봐요
금빛 치장한 은행잎이 부채춤 추는가 봐요
산에 볼모로 단풍놀이 가슴 물드는가 봐요

기암절벽 타는 단풍나무라야
산 중턱 후련하게 잡고 나서는가 봐요
협곡에 이르는 계곡물이라야
심장 뛰는 소리 절정에 이르는가 봐요

사랑하지 못해 가슴 달래는가 봐요
낙엽이 쌓인다고 외로움 타나 봐요

떨어지는 낙엽 불태우는 심장 있는가 봐요
마치 누군가 떠나보내는 이별 같은가 봐요
단풍잎 모조리 떨어지면 알게 되는가 봐요

험담

살다 살다 네미 뽕이 많더라
온갖 잡소리에 시달려야 하는 구설
시비꾼에 피할 수 없는 싸움 휘말려 봐야
소갈딱지 없는 사람 취급 받을라
함부로 욕이 나올라 참아야지
사는 재미 잡아 가두는 사람 때문에
네미 뽕이라
네미 히로뽕

살다 살다 혼미할 때가 많더라
머릿속에 입력하고 싶지 않은지라
네미 뽕이 허락이 안 돼
혼잣말로 우라질 넘어가게 되더라

가을이라서 좋네

하늘이 맑아서 좋네
신선놀음 즐길 줄 아는 나뭇가지
연못에 잎새 띄우니 좋네

헐렁한 옷차림
바람 따라 착용하니 좋네
발걸음 옮길수록
산허리 붙잡고 나서니 좋네

야호 불러들이는
산바람 반겨주는 메아리

에워싸는 산세
산꼭대기에서 불러서 좋네
깎아지른 바위
대답할 줄 안다고 울림이 좋네

허전한 옆구리마저 시려 올쯤
가을 하늘이 마냥 열려 있어서 좋네

70

성깔머리

성질난다고 머릿속에 거슬린 골칫덩어리가 잠금장치 없이 풀려 입안 가득 이물질이 생겨났다 입이 근질근질 구역질을 없애려고 몇 차례 침을 삼켰다 아무래도 처치 곤란한 입 주위가 곱지 않다

각오한 듯 더럭 묵살할 수 없는 꼬투리 심장으로 뛰어 들어갔다

잠시 골몰한 머릿속 위험하다 싶어 짐승 새끼를 안전지대로 피신시켰다 미성년자 상대로 성적 욕구 타락해 남녀노소 가리지 않고 철장에 가두었다

화가 미칠 지경에 놓인 숨고르기 말랑한 입술 따로 부르기로 했다 사전에 모르고 내뱉는 말 버리기 쉬워 입단속한다

가을 이별

단풍잎 놀다 가는 만큼
은행잎 은행 터는 만큼
잎사귀 춤
제대로 보여주다
서둘러 짐 싸서 떠나는 춤꾼

손 내밀기도 전에
거절한 가을이 춥다

이런
단풍이 실컷 놀다가 춥겠구나
저런
은행알 응아해 도망가겠구나

바다 횟집

바다가 보이는 횟집에서 만나면
수평선 위로 혹등고래가 보일 것 같아요
보인다 보여 내뿜는 물줄기
횟집에 술잔 고래를 낚으며 마실 것 같아요
옆자리에 누군가 먹다 남긴 회는
이미 사랑이 빠져 나간 썰물 시간일 것 같아요
바다 횟집에 앉았다 일어서면
여객선에 올라탔는지 좌우로 흔들릴 것 같아요

바다 횟집 회는 바다 속 같아
회 한 점에 꼴까닥 삼켜 버릴 것 같아요

바다!
생각만 해도 머리부터 씻어 줄 것 같아요
횟집!
만나는 사람 편안해서 아 벌릴 것만 같아요

가을산

산이 부를 때마다 자주 못 가는 산 나무물결 일렁인다

야, 그럴 때마다
호, 부를 만하다

내 옷깃 붙잡는 산 구름 열고 얼굴 내밀었다 산꼭대기
깎아지른 바위에 서면 쌓이고 싸인 신경가지 산 아래
로 가지치기한다고 숨을 내쉰다

나무는 반갑다고 향기 품어 내 주위를 맴돌다 나뭇가
지 흔들어 잎새 날려 보낸다 잎새는 옹달샘에 머물러
인사하고 가라 한다

나뭇가지 활활 타오르는 산은 숨소리를 품어 준다

| 김병찬 제2시집

메아리

산은 등을 내주었다
바윗돌 업은 산일수록
숨 한 번
쉴 기회
제대로 주지 않았다고
있는 힘 다해
야호
산봉우리를 불렀다
산하가 벌벌 떨다가 멈춘다

정치쇼

썩어 빠진 정치는 왜 썩지 않는지 모르겠소
한 표 던진 그 힘이 말장난에 놀아나야겠소
정치도 머리 굴려야 할 약아야 할 약이겠소

지켜야 할 공약 거리낌 없이 써먹고 나서
당선 되면 오리발 내미는 법은 누구한테 배웠소
누가 말려 이빨 썩지 않는 정치살이
대단한 입심으로 잡았으니 떨떠름할 뿐이오

대통령이 그랬소
국회원이 그랬소

공약으로 부른 어른 부끄럽게 아이들처럼 속였소
정치살이 걸신들려 국민들에게 사기 치고 말았소
정치질 욕 대가리 먹으면서 잘났다고 소리치겠소

김병찬 제2시집

정치판

우리 거짓말하면서 사는 거 아니야

누가 대통령부터
누가 국회의원부터

거짓말 꾸밀 줄 아는 정책이라야
큰소리 칠 만한 한 표 표밭에 모인다
입담 세게 놀아나는 판국
손가락에 붙어 다니는 한 표 찍어 달라
척순이 동원해 길거리쇼 잡아끈다

선거전 피할 길 없어 찍어야 하는 거 아니야

정신 차릴 줄 모르는 선거전
한 자리 해 먹을 요량 누가 말려
거짓말 싹 뿌리 뽑지 못하는 악습
정치도 살자고 돼지갈비 잡고 뜯는 말만 한다

제4부

추억의 향기

정치놀이

정치계 말이 많아 너무 많아
믿어야 할 정치
국민과의 뽑은 약속 내던지면서
대통령이나 국회의원이나 말이 많아
너무 많아

정치가 웃긴다지
기자가 깔본다지

사람 잡는 말 하도 해대니
국민이 달아 준 뱃지 아까워
너무 아까워
공약에 빼앗기고 남은 뱃지 임기 채운다지

정치 입문에 황소 한 마리
때려잡을 것처럼 보이다 벙어리 되었다
파리 잡는 법부터 배우라고 입단속한다

댓글

말 한 마디 아무렇게 내뱉지 말고
농담 한 마디라도 조심스럽게 다루자
입맛대로 노는 공복감
마주하는 인사로 포용해야지
자칫 농담 한 마디 입방아 찧었다간
언쟁의 소지 남아
어깃장 늘어놓을 수 있다
글 올린 사람 주인공이라서
글꼬리 곱게 달아 날아가게 해 주자

말 한 마디 가볍게 넘길 수 없어
위로의 정이 싹터 북돋아 주는 가짐
그림자 하나 남겨놓는다
인터넷 교감하는 친구 말 한 마디 찾는다

참아라

부아가 치밀어 오를 때는 아예 생각하지 말아라
더러운 기운 온몸에 퍼질 수 있으니까
구살머리적은 갈등에 고리가 독이 될 수 있으니까

참아라 참아야
깨끗한 기분 살아난다
더럽다는 생각이
몸속 해롭게 독이 된다

심장에 매달린 것이 부풀어 오르니까
자칫 눈에 쌍심지 켜고 받아들이기 쉬우니까
더러 참다 보면 맑은 어조로 새겨들을 수 있으니까

사는 게 가슴 달래는 병원이라
속이 놀라지 않게 참아 내는 약이라
처방 없는 심장 싸매야 한다
이내 초라한 것들이 놀라 달아나는 힘이 무엇인가
우리네 힘 심장주머니 잡고 견디어 왔다

82

날카로운 날이 슬픔으로 뽑아 들어도

시간의 덮개에 뭉툭한 날을 교정 시킨다고
게딱지만 한 가슴 버리고 술잔 담글 때 마음 편해진다

빗소리

사랑의 시가 죽어 간다

사랑하는 사람 곁에 두고
아무나 붙잡고 시 쓰는 거 아니야
사랑에 빠진 시를 잡소리 넣고 구워삶았는지
사랑의 시에 내용물이 없다

불가마에서 사랑의 시를 끓였다지만
아궁이에 참나무 장작만 쑤셔 넣은 셈이다

사랑이 얼마나 소중한가를
헤어짐이 눈물 나게 아픈가를
불 지피어 시를 썼으면 교감해야지
사랑하는 사람들 밤거리 헤매게 만든다

말장난에 불과한 사랑 타령 때문에
사랑의 시가 죽어간다

그리움 따위
외로움 따위
보고 싶다고 말하는 따위의 싱거운 재료로
사랑의 시로 놀아나니까 문제다

| 김병찬 제2시집

사랑의 시가 건성으로 나돌아다니고 있다
시 한 편으로 사랑을 찾지 못해 사랑이 아프다

고고춤

어른 공경하며 모시는 시골
고고춤 낯설다고
손가락질했을 춤 누가 말려

카세트 음악 싱겁지 않았기에
흥에 맞추면 뽕짝부터 디스코까지
동네잔치 다 불러 이장 집 열린 확성기
카세트 자리 잡은 잔디밭에
따로 둘러앉아 모이면
고교시절인데 누가 말려
두꺼비 소주 앉혀 놓고 춤추겠다는데

어른 따돌려 얼굴 발개진 술잔
주전자 막걸리 심부름 생각하면
표 나지 않게 마시고 싶을 때지

한 번쯤 누가 말려
손가락 사방으로 찔러대겠다는데
엉덩이 돌리며 방방 뛰는 춤 있다는데
모자 비껴쓰고 나팔바지 펄럭이겠다는데

손가락 찌른다고 동네 어르신네 무서웠지
고고춤 너도나도 춤 흥겨워 놀러 다녔지

시 한 편 배달왔어요

왔어요 왔어요 남모르게 배달 왔어요
사랑 찾아올 때도 있고
빗물 찾아 우산 들고 올 때도 있어요
사랑 타령 쉽게 해대서
시 한 편 비위 맞추려고 인사 왔어요
기분 좋은 시가
우리네 삶을 엮어 주어서
우체통 외면하는 그림엽서 대신 왔어요
시 한 편 행복하다고
호평이나마 받아준다면
엉망인 기분 고쳐먹고라도 와야겠어요

받아주실래요
약속하실래요

시 한 편 옛사랑 찾아 줄게요
시 한 편 아무나 잡지 말아요
가슴으로 주고받는 시
그대에게 친구 되어 기분 풀어 드릴게요

짭새

독수리가 먹잇감을 찾고 있다
경광등 숨기고 굽은 길 도망 못 가게
도로 사정 늘렸다 줄였다 한다
독수리의 굶주린 먹잇감이 비린내가 난다
이리 막히고
저리 막혀 차바퀴 무거운 길
누가 독수리 먹이를 강요했는지 갈 길 험하다
치사한 새 날갯짓은 되지 말아야지
신
호
등
말할 바 없는 도로에 맡겨야지
CCTV가 먹이 찾지 못해 독수리가 굶주렸다

선거철이라고 징글맞게 독수리 사냥한다
교통법규가 불량배인지 막다른 길로 부른다
도로가 더러워 몰래 침 뱉고 가는 길 있다

김병찬 제2시집

술병이 보였을 것이다

물이 술이 되기까지 몇 날 며칠을 지새웠을 것이다 물기둥
뽑아 숨통 바꾸어 열기까지 쌓인 축적물이 얼마나 괴로운
가를 건배 나누려는 사람 달래기에는 고통 뒤로 했을 것이
다 반가운 행보 말리지 못해 술이 억지 부렸을 것이다

슬퍼하는 사람 달래기까지
외로워하는 사람 동행하기까지
기뻐해야 하는 사람 축하해 주기까지

가슴 한없이 매달려 있는가를 고집통머리 도수 올려 기분
전환해야 했을 것이다 한탄한 일부터 반가움까지 상대했
을 넉넉함은 메기수염 달고 심술부렸을 오기까지 입속에
찌꺼기 죄다 풀어내어 술병에 담아냈을 것이다

가난살이

세상살이 한 치 앞을 못 볼 줄이야
철저히 살아간다고 한들
놀놀하게 대하는 걸 어떡하라고
귀찮게 하는 가난살이
엉덩이로 이름 석 자 쓰라고 할 줄이야
밥벌이 심심찮게 놀리려고
밥밥밥하며 살라고
밥 대신 술술술 안주 삼았다
거들먹대지 말아라
가난살이 달래 주지 못할망정
신이 분노했다고
시 쓰는 게 속 쓰리다고
허허 참 세상살이 까다로웠으면 됐지
신이 부르면 험한 꼴 보기 싫어
밥밥밥 가난살이 술술술하며 시 쓸 줄이야

김병찬 제2시집

참외 서리

남에게 손 까딱 말할 수 없는 의심 가지고 밤새 꿈에 황 노
인이 나타나 참외밭에다 손들어 세워 놓고 손가락총 들고
머리 띵하게 괴롭히다 눈뜨는 아침 거짓말 참으려다 후회
박힌 손가락 탄알 가슴에 빼내려 했다

손은 아니지 절대 아니지
입이 뭐랬어 그게 아니지

원두막 너머 참외밭에다 겁대가리 놔둔 것 알고 친구 다리
몽둥이나 내 볼기짝이나 남아날 리 없는 손가락총에 검정
고무신 외짝 마저 벗어 던졌다

황 노인에 부채바람이 부는 저녁 무당 살풀이채와 바꿔 놓
았다고 참외 한 소쿠리 들고 왔다

추억의 향기

바짓가랑이 찢어져
꿰매던 시절
자치기로 가슴에 자를 재고
사방치기로 깽깽이걸음 걸었던
마당길 땅뺏기놀이 내 땅 했었지

가난한 땅 밟아
흙냄새 날리는 들길
배고파 다리 풀자
무 뽑아 뱃속 달래는 밭떼기

고무줄놀이 편 갈라
토끼 두 마리 꼬마야 불렀지
무궁화꽃 놀이 모여
사방으로 꽃이 흩어져 날렸지

말타기하다 떨어진 하늘
그림딱지 바람에 날리던 하늘
제기차다가 고무신짝 날아간 하늘

92

운전대

내 차는 빨라 총알택시 앞서가서 빨라

외곽고속도로 타고 아무렇지 않게
속도감각 없이 달려 아무도 못 따라오게 달려
급한 물건이래 서둘러 가라 약속이래
운전대가 그러겠지 달리라고 그러겠지
약속 따위가 중요해 위험 따위가 중요해
시간 허락되지 않아 맹추격
바퀴 하나 못 박혔다고 시간의 모서리 빼기를
급해도 거짓말할 줄 몰라서 빨라
기다릴 사람 생각해 달려서 빨라

내 차 타면 고치래 운전버릇 고치래

교통법규가 범칙금 납부할래 면허정지 받을래 묻는다
도로 사정 앞서다 차부터 다칠래 신체부터 다칠래 묻는다

학교 종이 땡땡땡

우리 다닐 때 국민학교를 다녔다
지금 아이들은 초등학교를 다닌다
그 옛날 아이들은 소학교를 다녔다

학교 공부 달라진 종소리
책가방 매고 고무신 신고 등교했다
석탄 난롯가 둘러앉은 교실
마룻바닥 왁스 매겨 손걸래질해댔다
뱃속이 놀다 간 풀밭에 누우면
구름 한 점 입술 빨다 잠에서 깨어난다
산 너머 산을 가로질러 갔다
황소가 풀 뜯은 산밭에 똥이 싫어
산자리 밀어붙여 부동산이 자리한다
허름한 집 철거시켜 건물채로 올라간다
흐트러진 마을 불러들여 도시화되었다
학교 종이 땡땡이는 공부 가르치겠다고 한다

국민학교 변소에 귀신살이 무서웠을라
책상다리 쉽지 않아 고무신 신고 뛰었을라
소학교 거쳐 국민학교 거쳐 초등학교로 거듭났다

LOVE

카메라 렌즈에 알파벳을 끼워 넣었다
여럿 알파벳 중에 i 가 남성으로 보인다
남성 i 는 배설욕구가 차올라
만선의 배 꿈꾸는 사랑을 찾아 떠나간다
알파벳 O 는 여성이라고
잔잔한 바다 물결무늬 같다
사랑을 낚는 고깃배는 그물망을 푼다
OK 냐
NO 냐
사랑의 선택 OK 는 배의 속도를 높인다
바닷물은 수심 깊이 물거품을 토해 낸다
W
X
Y
알파벳의 노출로 윤곽이 드러나려다 멈춰 버렸다

카메라 필름을 꺼내 확인해 본다
알파벳순 남성 i 와 여성 O 가 만나 Q 로 결합했다
알파벳순 뒤로는 여성 O 가 남성 i 올라 Z 로 결합했다

주전자

남자의 몸뚱아리에는 누구나 주전자를 하나씩 차고 다닌
다 어린 아이 때는 주전자가 물이 새어 보온 주전자지만
성년이 되면 물을 끓일 줄도 알고 꽃을 찾아 물주는 기법
도 알게 된다 주전자는 모든 꽃들의 향연에 대상이 되어도
단 하나의 물 줄 꽃을 찾는다 주전자가 다른 꽃과 번갈아
물을 줄 때는 화단이 무너져 내려 복구가 쉽지 않아 진다
꽃이 시들시들하고 자라나는 꽃망울은 잡초에 섞여 남의
집 담벼락에 기대게 된다 주전자의 물 성분은 늘 고여 있
어 찌꺼기는 버리고 걸러 낸 물은 꽃을 가꾼다

활짝 핀 꽃일수록 주전자의 물은 넘쳐나는 것일까
불에 달아오르는 주전자는 내뿜는 물줄기의 씨앗일까
꽃내음 짙어 팽팽하게 열을 가한 주전자는 늘 물을 주어
꽃과 하나가 되며 꽃이 시들어 말라비틀어질 때까지 주전
자의 물을 먹는다

직업

누가 더럽다고 시켰는지 말할 수 없었다
나 자신을 향해 다그칠 때가 속상할 때였다
밑바닥부터 다짐에 다짐 선 긋고 시작했는데

내뱉고 싶어 손쓸 틈 없이 확
그래 확
안돼 안돼 하면서 뭐가 안돼 확
더러워 확

심장 도려낼 때 확실한 직업 술잔에 섞어 잡아끌었다

더럽다는 말이 아무렴 더러울까
말하기 싫어 웃어넘기는 재치 필요할 때가 있었다
일이 얼마나 더러운지 할 말 찾을 때가 당황스럽긴 하다

후폭풍

한시가 급하게 돌아가는 마당에
내분 수습은 언제 하라고
화장실 문 가까스로 잡았지만
똑소리 나는 응답만이 들려온다
쌍방 합의는 그쯤 기다림 암시하듯
엉덩이춤 실시하라고 한다
춤사위 벌어진 순간에도
어찌할 도리 없는 기다림의 미학
간밤에 술로 인한 공약이
엉덩이를 마구 걷어차니 미칠 노릇이다
하나 밖에 없는 분출구
몸이 압축되어 터질 것 같은 찰나
변기 끓는 물소리가 들려온다
그래도 합의점은 끝나지 않을 터
숨이 막힐 찰나 화장실 문이 열렸다
머리 파묻고 사람이 자고 있다
피자 한 판 바닥에 착 달라붙어 있다
뱃속 터질라 길 건너편으로 냅다 뛰어라

98

가난한 시인의 노래

시 쓰는 사람은 거렁뱅이로 보여도
하늘에 구름 타고 떠다니는 조종사일 거야
길게 자란 수염만큼 가난하여도
바람에 날려 보내듯 시 한 편 읊으려고 할 거야

하늘이 맑지 않아
구름 보고 시를 쓴단다
욕심 부리지 못해
가슴 달래며 시를 쓴단다

세상살이 비우는 대신 읊어야 한다고
허기 달래는 가난살이 위로해야 한다고
아궁이 장작불 연기 외딴집 홀로 지킨다고

한낱 가슴 주무르며 떠도는 나그네라
시 한 편 막걸리 담는다고 고추에 된장 찍어낸단다

김병찬 제2시집

빗소리

•

지은이 / 김병찬
발행인 / 김영란
발행처 / **한누리미디어**
디자인 / 지선숙

•

121-840, 서울시 마포구 잔다리로 35, 2층(서교동, 서운빌딩)
전화 / (02)379-4514, 379-4519
Fax / (02)379-4516
E-mail/hannury2003@hanmail.net

•

신고번호 / 2006-000302호
신고연월일 / 2006. 5. 22
등록일 / 1993. 11. 4

•

초판발행일 / 2016년 2월 15일

•

ⓒ 2016 김병찬 Printed in KOREA

•

값 9,000원

•

•

ISBN 978-89-7969-707-0 03810